Analyse de l'œuvre

Par Florence Casteels

Les aérostats

Amélie Nothomb

lePetitLittéraire.fr

Analyse de l'œuvre

Par Florence Casteels

Les aérostats

Amélie Nothomb

lePetitLittéraire.fr

Rendez-vous sur lepetitlitteraire.fr et découvrez :

Plus de 1200 analyses
Claires et synthétiques
Téléchargeables en 30 secondes
À imprimer chez soi

LES AÉROSTATS   5

  Un roman sur la littérature   5

AMÉLIE NOTHOMB   7

  Romancière belge   7

RÉSUMÉ   9

  Une vie de solitude   9
  Arrivée chez les Roussaire   9
  L'apprentissage de la lecture   10
  Attachements et premiers émois   11
  Extrêmes de la folie   14

ÉTUDE DES PERSONNAGES   16

  Ange Daulnoy   16
  Pie Roussaire   18
  Les parents Roussaire   20

CLÉS DE LECTURE   23

  La part autobiographique   23
  Entre réalité et fiction   25
  Un livre sur la littérature   29

PISTES DE RÉFLEXION   32

  Quelques questions
  pour approfondir sa réflexion...   32

POUR ALLER PLUS LOIN   34

  Édition de référence   34
  Études de référence   34

LES AÉROSTATS

UN ROMAN SUR LA LITTÉRATURE

- **Genre :** roman
- **Édition de référence :** *Les Aérostats*, Paris, Albin Michel, 2020.
- **1re édition :** aout 2020
- **Thématiques :** littérature, apprentissage de la lecture, relation professeur-élève, adolescence, folie *versus* réalité, Bruxelles.

Vingt-neuvième roman d'Amélie Nothomb, *Les Aérostats* suit le parcours de ses nombreux autres livres. Il est accueilli agréablement par la critique et est bien reçu par les amateurs de l'auteure. Comme souvent dans ses œuvres, l'écrivaine s'inspire en partie de sa propre vie pour raconter ses histoires. Dans *Les Aérostats*, c'est sa jeunesse, l'époque où elle était étudiante à Bruxelles, qui est mise en scène.

À 19 ans, Ange Daulnoy étudie la philologie romane et aime découvrir la vie dans la capitale belge. Elle se sent quelque peu seule dans cette grande ville alors qu'elle a toujours vécu à la campagne dans les Ardennes. Pour se faire un peu d'argent, Ange propose des cours de français à des jeunes. Elle se retrouve à suivre un élève dyslexique de 16 ans, Pie Roussaire. Sa famille et lui, richissimes, sont des êtres étranges qui semblent coupés du monde réel. Alors que le père espionne chacune de leurs leçons, Ange se lie d'amitié avec le garçon qui se découvre rapidement un gout pour la lecture. Sa dyslexie guérie, Pie ne semble pas prêt à voir Ange le quitter alors qu'elle lui a tant appris.

AMÉLIE NOTHOMB

ROMANCIÈRE BELGE

- **Née en 1966 à Etterbeek (Bruxelles)**
- **Quelques-unes de ses œuvres :**
  - *Hygiène de l'assassin* (1992), roman
  - *Stupeur et Tremblements* (1999), roman
  - *Premier Sang* (2021), roman

De son vrai nom Fabienne Claire Nothomb, cette écrivaine provient d'une noble famille belge. Elle suit son père, consul général puis ambassadeur de Belgique, très tôt au Japon et ailleurs en Asie où elle vit jusqu'à l'âge de 17 ans. Rentrée dans son pays natal, Amélie Nothomb débute des études de droit avant de se tourner vers la philologie romane pour laquelle elle obtient une licence à l'Université libre de Bruxelles.

Elle passe l'agrégation pour devenir enseignante de français, avant de se lancer complètement dans l'écriture en 1992 avec son premier roman, *Hygiène de l'assassin*. Depuis ses débuts, Amélie Nothomb publie un ouvrage par an aux éditions Albin Michel. Sa vaste production littéraire lui fait couvrir de nombreux thèmes allant de l'autobiographie à la fiction. Auteure de bestsellers, elle ne passe pas inaperçue auprès du public. Son personnage est également remarqué lors des interviews pour ses chapeaux farfelus et ses tenues souvent noires. En 1999, son livre *Stupeur et Tremblements* obtient le Grand prix du roman de l'Académie française et, plus récemment, en 2021, elle reçoit le Prix Renaudot pour *Premier Sang*. Amélie Nothomb est membre de l'Académie royale de langue et de littérature française de Belgique depuis 2015.

RÉSUMÉ

UNE VIE DE SOLITUDE

Ange Daulnoy est une jeune étudiante de 19 ans en deuxième année de philologie à l'Université libre de Bruxelles.

À l'université, Ange n'a pas d'amis, elle se croit invisible. Sans personne, loin de sa famille, l'étudiante souffre de la solitude. Elle rêve d'avoir un petit-ami ou même simplement quelqu'un avec qui partager davantage ses humeurs ou ses passions. Très grande littéraire, Ange se réfugie dans sa chambre et passe des heures entières à lire.

Par besoin d'argent, elle propose ses services pour enseigner le français à des enfants de tous âges. Un jour, elle est ainsi amenée à donner des leçons à un adolescent de 16 ans, Pie Roussaire, qui connait des difficultés à l'école à cause de sa dyslexie. Le père, extrêmement riche, demande à Ange de venir l'aider tous les jours pour un salaire bien plus haut que prévu.

ARRIVÉE CHEZ LES ROUSSAIRE

Le premier jour, Ange rencontre Pie et apprend que lui et sa famille viennent d'arriver en Belgique depuis peu. Pie est entré au Lycée français et doit donc passer le bac bientôt, ce pour quoi elle doit l'aider.

Comme beaucoup d'adolescents, Pie est assez sarcastique, se montrant souvent indifférent, voire blasé de ce qui l'entoure. Préférant les mathématiques qu'il considère bien plus intelligentes, il se moque ouvertement d'Ange qui parle avec passion d'œuvres littéraires. Afin de soigner sa dyslexie, Ange lui donne deux jours pour lire *Le Rouge et le Noir* de Stendhal. À la fin de son cours, elle comprend que M. Roussaire les a espionnés tout du long à travers une vitre sans tain sans que ni son fils ni elle ne le sachent. Cela la gêne beaucoup et elle lui demande d'arrêter. Le père refuse, car il a un besoin irrépressible de tout contrôler, à un point maladif, et rêve de savoir tout ce que pense son fils.

En sortant de chez eux, Ange se dit qu'il y a bien des choses qui clochent dans cette famille. Le métier du père, cambiste, est une profession qu'elle ne connait pas et qui semble sentir l'arnaque. M. Roussaire et son fils ont un comportement étrange et hautain qu'elle a du mal à cerner. Surtout, elle ne comprend pas qu'on puisse vouloir donner envie de lire à un enfant si on ne lui a jamais lu des histoires ni même donné un bouquin.

L'APPRENTISSAGE DE LA LECTURE

Après avoir lu Stendhal, Pie raconte ne pas avoir aimé, car les histoires d'amour ne l'intéressent pas. Cependant, Ange lui fait lire un passage à voix haute et remarque qu'il n'achoppe déjà plus sur aucun mot. Sa dyslexie parait déjà presque réglée.

Pour lui donner un livre qu'il appréciera peut-être davantage, Ange lui fait lire *L'Iliade* d'Homère. Pie le dévore en une journée et en parle avec passion. En effet, il a adoré *L'Iliade* pour son histoire de guerre, ses moments épiques et ses personnages, surtout troyens. Le garçon s'est identifié à Hector qui est noble et courageux, bien qu'il ait détesté les Grecs trop fourbes.

Il lit alors *L'Odyssée* qu'il apprécie moins parce qu'Ulysse utilise la ruse pour tromper de nombreuses personnes. Il reconnait toutefois l'écriture exceptionnelle et les procédés d'écriture bien agencés d'Homère. Même pour un livre qu'il n'a pas aimé, Pie parvient à parler de littérature avec intérêt et justesse.

Désormais, l'adolescent ne bute plus sur aucun mot lorsqu'il lit. Sa dyslexie est totalement guérie. Ange est fière de lui et affirme maintenant ne plus avoir à lui donner de cours. Cependant, Pie refuse de la laisser partir ; sans elle, il n'aura plus aucune envie de lire. Touchée, Ange accepte de continuer ses cours avec lui.

ATTACHEMENTS ET PREMIERS ÉMOIS

Puisque Pie n'est plus dyslexique, Ange continue à venir chaque jour, mais lui parle parfois d'autres choses que de littérature. Elle commence à bien l'aimer et elle le trouve intéressant, ce qui l'empêche de fuir cette famille de fous – le père continuant à les observer en cachette à chaque leçon.

Ange rencontre enfin pour la première fois Mme Roussaire. Celle-ci parait d'emblée complètement déconnectée de la réalité. En effet, elle collectionne des objets en porcelaine sur Internet sans jamais les tenir en main ni les voir en vrai. Pie explique à Ange qu'il déteste sa mère parce qu'elle est tout bonnement stupide tandis qu'il hait son père depuis toujours, car il le considère comme un sale type.

Le garçon est en réalité bien solitaire. Personne ne s'intéresse vraiment à lui dans sa famille et il n'a jamais eu de vrais amis. C'est pourquoi il aime autant Ange, qui constitue la seule relation qu'il ait réussi à établir. Il finit par en tomber amoureux.

Ange donne *La Métamorphose* de Kafka à lire à Pie. Selon elle, il s'agit d'un livre sur l'adolescence et l'âge ingrat. Pour Pie, toutefois, c'est un récit sur le sort réservé à tout individu : la mort. Il ajoute ne pas savoir s'il choisira de vivre comme Ange l'a choisi. Pour cette dernière, il est assez clair que Pie est en détresse et a besoin d'une aide psychologique. Elle le dit à son père qui ne veut rien entendre.

À l'université, Ange est humiliée devant tout le monde lors d'un cours de mythologie par un garçon populaire beaucoup plus grande gueule qu'elle, Régis Warmus. En sortant de la classe, le professeur propose à l'étudiante d'aller boire un verre et elle accepte. Leur petite sortie se passe très bien et l'enseignant, Dominique Jeanson, lui avoue être amoureux d'elle.

Pour la première fois de sa vie, Ange est aimée de quelqu'un en dehors de sa famille. Flattée, elle l'embrasse et lui donne rendez-vous le lendemain, malgré leur différence d'âge.

Cet après-midi-là, Pie remarque qu'Ange est différente. Très vite, il sent qu'elle s'est rapprochée d'une personne plus âgée et pense qu'elle va donc s'éloigner de lui. Il lui fait de plus en plus d'avances et de déclarations d'amour souvent gênantes pour Ange. Ainsi, il dit avoir lu un livre de sa propre initiative, *Le Diable au corps* de Raymond Radiguet, qui raconte justement une relation sexuelle entre un garçon de 16 ans et une fille de 19 ans.

Ange le remet à chaque fois en place, d'autant plus mal à l'aise qu'elle sait que le père de Pie les écoute derrière le mur. Pour échapper à cette surveillance et pour apprendre la vie réelle à Pie, elle l'emmène au musée de l'Armée de Bruxelles.

À leur retour, M. Roussaire réprimande Ange contre qui il sera de plus en plus en colère par la suite. Bien qu'Ange hésite à expliquer à Pie qu'ils sont observés pendant leur leçon, elle pense que cette nouvelle détruirait encore davantage leur relation père-fils. Pie se confie beaucoup à elle durant leurs cours et lui dit se sentir prisonnier et avoir de plus en plus de mal à rester non violent.

EXTRÊMES DE LA FOLIE

Pie lit *La Princesse de Clèves*, livre proposé par Ange, et affirme ne pas avoir aimé parce que l'histoire lui rappelle beaucoup trop sa propre vie. Il se compare au comte de Nemours et elle à la princesse de Clèves, faisant le rapprochement d'un amour à sens unique entre eux deux. Cela énerve beaucoup Ange qui lui dit qu'elle ne restera pas son amie s'il continue ainsi.

L'adolescent lui demande alors de lui apprendre la vie. Elle l'emmène à la Foire du Midi pour le changer des beaux quartiers qu'il connait et pour s'amuser. Si ces sorties font énormément de bien au garçon, Ange lui conseille toutefois de trouver aussi lui-même des raisons de vivre. Pie a peur de finir comme son père et d'avoir une existence très ennuyeuse. Selon Ange, il peut tout à fait choisir sa vie, devenir plus aventurier et utiliser la littérature comme tremplin pour agir.

Chez elle, Ange se rend compte qu'elle ne sera jamais amoureuse de Dominique et qu'elle serait même davantage attirée par Pie. Elle n'a toutefois pas de sentiments plus forts pour l'un ni pour l'autre, mais s'émeut de personnes qui sont authentiques et réelles avec elle.

Le lendemain, chez les Roussaire, Pie lui raconte qu'il a découvert que son père les observait en cachette pendant leurs leçons. Cette nouvelle information a fait déborder le vase de toute la colère qu'il contenait en lui et Pie a égorgé son père avec des ciseaux. Quitte à être complètement soulagé, il a alors également tranché la gorge de sa mère. Son récit est glaçant et décrit avec une telle banalité qu'Ange reste bouche bée.

La jeune femme essaie alors de le raisonner pour appeler la police et expliquer son geste. En tant que mineur, il ne risquera pas de finir sa vie en prison. Cependant, Pie ne renie aucunement ses actes et affirme même qu'il les referrait si besoin. Maintenant qu'il est débarrassé du poids de sa famille, il souhaite s'enfuir avec Ange et vivre d'amour et d'aventures.

Ange ne peut pas imaginer cette vie avec lui. Pie la remercie de lui avoir appris à lire, mais aussi à vivre. Il disparait sans que la police ne le retrouve jamais. Ange reste discrète et ne fait aucune déclaration au commissariat. Elle se sent coupable de lui avoir donné le support littéraire pour ses crimes, car la littérature est tout sauf l'école de l'innocence.

ÉTUDE DES PERSONNAGES

ANGE DAULNOY

Il s'agit de la protagoniste principale de l'histoire, mais aussi du narrateur en focalisation interne. Le récit est ainsi raconté par Ange à la première personne du singulier. Jeune femme de 19 ans, Ange étudie la philologie à l'Université libre de Bruxelles ; c'est sa deuxième année. Elle adore lire et se passionne réellement pour ses études. En cours, elle n'est pas très populaire et se croit même invisible. Elle n'a pas d'amis, ce qui la fait souffrir parfois. Heureusement, la capitale belge est une vraie aventure pour elle qui aime se promener dans ses rues et découvrir ses quartiers.

Issue d'une famille modeste, mais très heureuse, Ange a grandi dans les Ardennes, au plus près de la nature, à Marbehan. Son père, chef de gare, et sa mère, pédicure, y vivent toujours. Cette région reste chère à son cœur, mais elle considère que vivre à Bruxelles est une découverte et une chance quotidienne. Seule dans cette grande ville, Ange jalouse sa colocataire qui a un petit-ami. Elle aussi rêverait d'avoir un copain ou même simplement un ami.

En tant que professeure, Ange est assez exigeante bien qu'elle soit compréhensive envers Pie. Elle sait se faire respecter et n'hésite pas à se montrer ferme avec son élève. S'il semblerait qu'elle ne fasse que peu preuve de pédagogie, ses méthodes se révèlent quand même efficaces. Très lettrée, Ange est toujours heureuse de discuter de littérature et préfère même quand Pie a un avis différent du sien pour pouvoir en débattre. En ce sens, elle est tolérante et ne cherche pas à imposer sa vision des choses. Le but véritable de ses leçons n'est alors pas d'apprendre à Pie à lire, mais plutôt à être curieux.

Avec le père Roussaire, Ange se montre également franche et directe. Sans aucun tact, elle lui dit quand les choses ne lui plaisent pas. Malgré tout, elle est tiraillée entre son envie de quitter cette famille de fous et son attachement pour Pie. Avec lui, elle ressent pour la première fois le sentiment d'être utile, ce qui lui plait assez.

Si Pie l'intéresse et lui donne l'impression d'être importante, son professeur de mythologie, lui, la rassure et lui fait du bien au moral. Avec Dominique, elle reçoit de l'amour, des compliments, de la tendresse. En outre, Dominique est une personne intelligente qui représente la sagesse, ce qui attire beaucoup Ange. Pourtant, elle n'est absolument pas amoureuse de lui. Elle se met avec lui pour se sentir aimée plus que pour aimer.

Bien que Pie se dise également amoureux d'elle, Ange ressent un grand malaise à être admirée de la sorte, alors qu'elle est sa professeure. Elle préfère vivre une histoire étrange avec une personne beaucoup plus âgée qu'elle plutôt que de s'intéresser à ce garçon trop jeune à son gout. Elle remet ainsi souvent Pie à sa place lors de ses déclarations d'amour. À la fin du roman, Ange reconnait toutefois être davantage attirée par Pie que par Dominique. Après le double crime de Pie, Ange se rend compte à quel point il est beau et on comprend qu'elle aurait pu l'aimer pleinement s'il n'avait pas été si fou et si peu ancré dans la réalité.

PIE ROUSSAIRE

Né à New York, mais d'origine suisse, Pie a débuté sa scolarité dans les iles Caïmans avant d'arriver en Belgique avec sa famille deux mois plus tôt. Il est enfant unique et vit avec ses parents qu'il méprise grandement dans une grande maison de maitre à Bruxelles. Il a 16 ans et étudie au Lycée français où il doit passer le bac cette année. Dyslexique, Pie a des difficultés en lecture et n'a jamais lu un livre ni en entier ni même en partie.

Pie préfère les mathématiques, disant que c'est une discipline bien plus intelligente. Au début des leçons avec Ange, il se montre très impertinent et peu respectueux envers elle qui s'extasie devant des classiques de la littérature. Sarcastique, il peut paraitre méprisant et blasé de tout et de tout le monde.

Le jeune homme dit aimer les armes bien qu'il n'en possède pas. C'est le seul point d'intérêt qu'il a avant l'arrivée d'Ange dans sa vie. Avec les leçons de français, il se découvre une passion pour les récits de guerre et surtout pour *L'Iliade*. Assez vite, Pie s'intéresse à la littérature et aime lire par lui-même. Il présente également un intérêt pour les zeppelins et les aérostats qu'il aimerait voir en vrai. Il possède une grande imagination qui le rend parfois imperméable à la réalité. Très intelligent, il analyse avec brio toutes les œuvres qu'il lit.

Pie est également un garçon très mal dans sa peau qui, comme Ange, n'a pas d'amis ni même de relations. Il déteste autant son père que sa mère et ne supporte pas de vivre avec eux. Dès lors, il s'attache rapidement à Ange et ne parvient pas à imaginer sa vie sans elle. Pie a réellement des problèmes psychologiques profonds qu'Ange ne peut pas régler seule.

Petit à petit, Ange se rend compte de la détresse du personnage. Pie dit ne pas avoir envie de vivre ni savoir pourquoi il devrait continuer à exister. Il admire justement Ange pour sa capacité à avoir choisi la vie au-dessus de la mort. Son père a tellement tout contrôlé pour lui qu'il ne sait pas ce que c'est de vivre pleinement. Il demande donc à Ange de lui apprendre.

Étrangement, le garçon a une très bonne intuition et lit les comportements d'Ange sans qu'elle n'ait rien à lui avouer. Il sent très vite qu'elle est en train de changer et de s'éloigner de lui à partir du moment où elle sort avec son professeur de mythologie. Pie s'amourache d'Ange, plus parce qu'elle est la première personne à lui montrer de l'affection que parce qu'il l'aime vraiment.

En comprenant qu'elle ne sera jamais amoureuse de lui, Pie déprime petit à petit. Il se désole de n'avoir aucune vie, mais ne parvient pas non plus à trouver la volonté pour changer les choses et créer sa propre réalité. Le double meurtre de ses parents est la preuve qu'il prend enfin en main son destin. Lorsqu'il l'explique à sa professeure, Pie est tout sauf ému, il ne présente aucun regret et est même soulagé. Depuis le début, le seul véritable sentiment que semble ressentir Pie est la colère contre sa famille et puis, finalement, Pie éprouve de la joie en entendant Ange lui dire qu'il va lui manquer.

LES PARENTS ROUSSAIRE

Le père de Pie est un homme aux hautes responsabilités qui se prend très au sérieux. Son métier de cambiste, bien que ni son fils ni Ange ne savent de quoi il s'agit, consiste principalement à travailler pour des banques au niveau des opérations de change. La famille semble tellement riche qu'Ange pense que le père est un arnaqueur.

Avec son fils, M. Roussaire est surprotecteur, dans le sens où il souhaite le meilleur pour lui, c'est-à-dire une vie qui ressemble à la sienne. Il le considère comme un garçon supérieurement intelligent bien qu'il pense également que l'intelligence ne le mènera nulle part. Il est alors extrêmement exigeant avec Pie et ne montre aucune compassion pour lui. Il ne lui fait pas confiance et craint toujours qu'il ne dise quelque chose de travers ou qu'il se montre irrespectueux.

Véritablement hautain, le père est détesté par Pie comme par Ange. Malgré les demandes incessantes d'arrêter de les espionner, il n'en fera rien et continuera à suivre leurs moindres faits et gestes. Cela fait de lui une personne qui veut absolument contrôler tout et tout le monde, sans aucun respect pour leur intimité.

S'il dit vouloir le meilleur pour son fils, M. Roussaire ne parvient toutefois pas à se dégager du temps pour lui, pour le stimuler ni même pour apprendre à le connaitre. Leur relation est conflictuelle depuis toujours en grande partie parce qu'il aimerait davantage savoir ce que Pie a dans la tête. Avec son épouse, il est également méprisant, ne considérant en rien la femme qu'elle est. Il semblerait qu'il ne l'ait choisie que parce qu'elle est facile à contrôler. Pour Pie, son père est carrément un « sale type ».

La mère Roussaire, femme au foyer, n'est pas beaucoup plus appréciée par son fils. Elle s'avère être réellement stupide, presque sans cesse complètement à côté de la plaque. Méprisée par sa famille, elle parait pourtant parfaitement heureuse, ne comprenant pas ce qui se joue autour d'elle. Contrairement à M. Roussaire, la mère n'est pas méchante, mais ne peut pas être aimée au vu de sa stupidité.

Mme Roussaire est une femme chic d'une quarantaine d'années qui n'a qu'une seule passion dans la vie : collectionner des objets en porcelaine. Elle pourrait parler des biens qu'elle a acquis pendant des heures. Pourtant, elle ne les accumule que virtuellement, sur des sites Internet. Cet intérêt pour des choses impalpables représente bien la fiction dans laquelle semble vivre la famille.

Leur monde est totalement factice, ne reposant que sur les apparences. En effet, Pie hait également ses parents pour leur côté superficiel poussé à l'extrême. Il raconte que leur maison est remplie de livres et d'objets précieux qui ne servent qu'à épater la galerie, mais que ni son père ni sa mère n'ont jamais lu un seul de ces ouvrages.

Les Roussaire sont prétentieux et ne s'en cachent pas devant leur fils qui, lui, trop sarcastique, n'est jamais invité
aux diners avec les amis importants de ses parents.

CLÉS DE LECTURE

LA PART AUTOBIOGRAPHIQUE

En parcourant rapidement la biographie d'Amélie Nothomb, il revient à plusieurs reprises que certains éléments de sa vie réelle sont utilisés dans ses romans. Dans *Les Aérostats*, l'époque où elle était étudiante à Bruxelles en philologie romane sert de fondation à son récit. Ange suit en effet les mêmes études et vit dans la même ville.

Cet ouvrage pourrait déjà consister en un véritable éloge de la littérature. L'auteure, qui a toujours aimé lire, ferait passer à travers le personnage d'Ange son gout pour certaines œuvres littéraires. Les discussions qu'ont Ange et Pie représentent ainsi des réflexions qu'Amélie Nothomb aurait pu elle-même avoir sur ces livres.

Dans le même temps, *Les Aérostats* constituerait également une déclaration d'amour à la ville de Bruxelles. Reprenant en effet souvent des lieux dans lesquels elle a vécu, l'écrivaine parvient ici à rendre compte de sa vision de la capitale belge. Ange aime ainsi cette ville pour son effervescence continue, ses lignes de tram et de routes qui se croisent, le nom de ses rues, etc.

Tous ces éléments autobiographiques sont toutefois mêlés à une part non négligeable de fiction. Ce livre reste un roman sorti de l'imaginaire de l'auteure. Dans ce cas, on pourrait parler plus précisément d'autofiction pour désigner ce type de texte.

Mot-valise créé sous la plume de Serge Doubrovsky (1928-2017), écrivain et critique littéraire, l'autofiction caractérise les œuvres fictionnelles réalisées à partir de fragments autobiographiques. Si la définition initiale était assez stricte – demandant toujours un brouillard au niveau des repères temporels et logiques –, à l'heure actuelle, elle permet de désigner des romans contemporains qui laissent apparaitre des éléments reconnaissables de la vie de l'auteur sans pour autant constituer une autobiographie.

C'est ainsi le cas dans *Les Aérostats*. Une des caractéristiques de l'autofiction est alors de brouiller la frontière entre ce qui est réel et ce qui est fictif. Amélie Nothomb y parvient parfaitement et joue de ce procédé. Le pacte de lecture normalement établi entre un auteur et son lecteur dans une autobiographie n'a pas lieu ici, puisque rien n'indique la véracité des faits.

Bien que la protagoniste ne possède pas le même prénom que l'écrivaine, elle représente ce qu'elle a pu être lors de ses études à l'université. Cependant, le fait qu'elle ait donné des cours particuliers à un adolescent constitue une énigme puisque l'auteure n'en a jamais parlé publiquement. Certains éléments, plausibles dans la réalité, restent ainsi dans le flou pour le lecteur, tandis que d'autres éléments paraissent complètement impossibles en vrai, comme la disparition de Pie après son double crime.

Le caractère autofictif du roman s'étend jusqu'au plus profond du sujet de *Les Aérostats*. En effet, le récit aborde pleinement la littérature et ses œuvres classiques. Ce thème omniprésent renvoie d'emblée au romanesque et à l'imaginaire, ce qui peut laisser penser que l'ensemble du livre n'est rien d'autre que de la fiction, bien éloigné du réel.

Bien que les décors soient vraisemblables et même authentiques étant donné leur nature quasiment auto-biographique dans la vie d'Amélie Nothomb, les person-nages, eux, semblent perdus dans une existence irréelle. La mère Roussaire en est le parfait exemple, s'intéressant uniquement à des objets virtuels qu'elle ne verra jamais en vrai. Le père comme le fils affirment explicitement l'illusion dans laquelle elle vit, ce qui la rend stupide à leurs yeux.

Cependant, le père de Pie est également éloigné de toute réalité. Son travail consiste aussi à ne manipuler des chiffres et de l'argent que virtuellement, sur son or-dinateur. Sa maison, sa relation avec sa femme, comme ses amitiés ne sont que des façades trompeuses pour paraitre cultivé, riche ou heureux. C'est en grande partie pourquoi Pie le déteste.

Le côté factice de la famille Roussaire déteint aussi sur le fils. Pie craint ainsi de devenir comme son père, d'être coincé dans un monde d'apparences et de faire un mé-tier ennuyeux. Afin d'éviter de lui ressembler, le garçon s'intéresse d'abord uniquement aux mathématiques, sciences du concret et du quantifiable qui, sans doute, le rassurent.

Avec la littérature, Pie apprend davantage à rêver et à oser s'imaginer une vie différente. Ainsi, il dit qu'un jour il voudrait posséder des aérostats pour les louer à des touristes pour voyager. D'après son père, ce rêve est impossible étant donné la dangerosité de ces engins qui prennent feu facilement et qui sont bien trop encombrants.

Petit à petit, Ange se rend compte que, en s'accrochant à elle, Pie tente de garder un pied dans le réel. L'adolescent est en fait très conscient de ce qui se joue dans sa famille et appelle à l'aide pour en sortir. En effet, Ange incarne la réalité tangible et authentique à laquelle Pie aimerait tant appartenir. C'est pourquoi il lui demande souvent de lui apprendre à vivre, de lui montrer la vraie vie.

Pourtant, Ange n'est pas non plus un personnage ancré dans le réel à 100 %. Dès le début, son intérêt pour la littérature semble l'affecter beaucoup. Solitaire, elle aimerait avoir un petit-copain, même si celui-ci était fictif. Elle se sent invisible à l'université, comme si elle n'existait pas vraiment. Elle avoue à Pie ne pas savoir si elle est vraiment vivante lors de leur conversation sur Kafka.

Pour Pie, Ange est à la fois complètement en vie – parce qu'elle lui insuffle le gout de la lecture et lui donnerait presque l'envie de vivre –, mais aussi en grande partie dans l'illusion de l'existence. Or, ce caractère utopique la rend justement intéressante à ses yeux. Grâce à cela, Ange a choisi la vie au-dessus de la mort, ce que Pie n'est pas certain de pouvoir faire.

Le double meurtre de Pie marque un tournant brusque dans le roman. D'un coup, la folie semble avoir pris le dessus sur ce personnage qui se disait d'abord non violent. Comme il le craignait, le garçon n'a pas su préférer la vie à la mort et a donc succombé à ses désirs les plus sombres. Cette fin sanglante pourrait passer comme vraisemblable et, pourtant, la façon dont Pie raconte les faits est tellement calme et dépourvue d'émotion qu'il est difficile de croire à la réalité de la chose.

Cependant, la scène est décrite avec précision et réalisme, avec les mots, non pas d'une personne démente, mais de quelqu'un de totalement sensé. Pie affirme même avoir agi en pleine conscience. Il se dédouane toutefois en assurant qu'il n'a tué que des personnes qui n'étaient pas réelles et donc que ce n'était pas si grave. Ce passage confirme que les parents Roussaire sont des personnages quasiment fictifs depuis le début.

Le dernier rêve de Pie – s'enfuir avec Ange – constitue également une preuve de l'irréalité dans laquelle il est plongé. Ange le supplie en outre de voir la réalité en face et d'appeler la police pour assumer ses actes. L'adolescent n'en fait rien et disparait dans la nature sans être jamais retrouvé, presque comme s'il n'avait jamais existé.

Selon Ange, il est clair que Pie a souffert grandement d'un défaut de réalité à cause de ses parents et de leur mode de vie complètement faux. Le fait de les avoir tués de sang-froid et sans aucun regret prouve que le monde réel ne l'atteint pas. Ange s'en veut alors de lui avoir fait découvrir la littérature et l'univers romanesque. Elle pense qu'il a pu trouver dans les livres des raisons de passer à l'acte, voire des illustrations de meurtres. Il est évident que Pie n'a pas su faire la distinction entre le réel et l'imaginaire au point de les confondre dans la vraie vie.

Plus qu'autofictif, *Les Aérostats* mêle parfaitement la réalité et la fiction au point d'empêcher le lecteur de savoir ce qui est vrai et ce qui ne l'est pas. Les évènements vraisemblables paraissent suspicieux sous la plume d'Amélie Nothomb, tandis que les faits invraisemblables sont décrits avec un tel réalisme qu'il est difficile de cerner leur nature.

À la fin du roman, le lecteur pourrait se demander si tout cela était bien réel ou si l'imagination débordante et les lectures abondantes d'Ange n'ont pas créé de toutes pièces cette histoire rocambolesque de la famille Roussaire. À force de lire des romans, il se pourrait en effet que l'étudiante ait inventé ces personnages et ces évènements dont le caractère fictif est fréquemment mis en avant. En outre, ce récit aurait rempli tous les rêves d'Ange : avoir un ami avec Pie, trouver un petit-copain avec Dominique, avoir de l'argent avec son travail d'enseignante, ne plus être invisible à l'université, etc. L'épilogue du roman, qui revient à la situation initiale, prouverait alors que rien de tout cela ne s'est jamais passé et qu'Ange est toujours aussi seule qu'avant.

Le thème principal du roman concerne bien entendu la littérature elle-même et l'apprentissage de la lecture, voire de l'envie de lire. Les deux protagonistes principaux s'opposent ainsi dans leur rapport aux livres. Ange les dévore avec passion depuis qu'elle est née et s'y intéresse tellement qu'elle a choisi de les étudier à l'université. Pie, quant à lui, ne comprend pas l'intérêt qu'il peut y avoir à lire et n'a jamais lu un ouvrage, même en partie, avant l'arrivée d'Ange dans sa vie.

Grâce aux leçons de l'étudiante, Pie découvre petit à petit ce que c'est de lire et se prend à aimer ça assez rapidement. Pour Ange, il ne fait aucun doute que la faute à la dyslexie et au dégout de la lecture de Pie revient à ses parents qui, sous prétexte de liberté, n'ont jamais osé imposer un livre à leur fils. Amélie Nothomb pousse un petit coup de gueule à travers *Les Aérostats* en affirmant le bienfondé de la lecture et l'importance de forcer juste un peu les jeunes à lire pour qu'ils trouvent des récits qu'ils aiment et qu'au moins ils s'essaient à la littérature.

Au travers de discussions véhémentes, plusieurs œuvres classiques sont décortiquées. Lorsqu'Ange présente un ouvrage, elle en parle souvent comme un de ses livres favoris – comme s'ils étaient tous ses préférés, finalement. Pie, lui, se révèle davantage critique et n'aime que certains de ces récits. Il devient vite un très bon lecteur qui sait parler de littérature de manière profonde. Il parvient à reconnaitre des procédés littéraires et des styles d'écriture comme peu de gens et analyse avec brio ces œuvres. Ange est très fière de lui.

Bien qu'ils ne soient pas souvent d'accord sur les différents ouvrages, Ange se montre tolérante et affirme que la littérature n'est de toute façon pas un art pour mettre tout le monde d'accord. Petit à petit, Pie commence à comparer ce qu'il lit à sa vie dans la réalité. Il s'identifie ainsi d'abord à Hector dans *L'Iliade* parce qu'il est asthmatique comme lui, puis assimile son existence vouée à la mort à celle du personnage dans *Les Métamorphoses* de Kafka, puis compare sa relation avec Ange au couple dans *Le Diable au corps* de Radiguet avant de faire un parallèle avec les protagonistes de *La Princesse de Clèves*.

Ces assimilations sont de plus en plus fortes et importantes proportionnellement à la vie de Pie. Si avec *L'Iliade* il ne relevait qu'un détail de l'histoire, avec *La Princesse de Clèves*, il identifie quasiment l'entièreté du récit à sa propre situation actuelle. Petit à petit, Pie s'assimile à un de ces personnages de papier qu'il rencontre dans les œuvres qu'il lit. À force de comparer sa réalité à de la littérature, l'adolescent va devenir lui-même un être de fiction et oser faire des choses qu'on ne retrouve que dans les livres.

C'est ainsi que, à la fin des *Aérostats*, Pie égorge ses parents l'un après l'autre avec un flegme qui fait froid dans le dos. À ce moment-là, le garçon a clairement sombré dans un monde imaginaire digne d'un récit littéraire. En effet, en montrant la littérature à Pie, Ange lui a fait découvrir un univers où tout tourne le plus souvent autour de l'amour et de la mort. Son enseignement lui a alors quasiment fourni l'arme de son double crime, ou du moins la structure dans laquelle ces meurtres sont possibles.

Grâce à Ange, Pie avait appris à lire, mais aussi à vivre. Or, issu d'une famille dans un déni constant de la réalité, l'adolescent n'a su faire la différence entre la réalité et la fiction. En manque d'ancrage dans le réel, il a plongé dans l'imaginaire au point d'en faire complètement partie et de ne plus voir ce qui appartient au monde concret. Pie devient ainsi un personnage littéraire à part entière.

PISTES DE RÉFLEXION

QUELQUES QUESTIONS
POUR APPROFONDIR SA RÉFLEXION...

- Dans *Les Aérostats*, différentes scènes et plusieurs éléments jouent sur le malaise. Quelles situations vous ont mis mal à l'aise ? En quoi ajoutent-elles à l'excentricité des personnages ?

- Ange affirme que Dominique est divertissant et qu'il est réel « comme le paysage ». Que pensez-vous de cette description ? D'après vous, s'agit-il d'une remarque habituelle pour caractériser une personne qu'on est censé apprécier ? Qu'est-ce que cela sous-entend ?

- Ange est également un personnage atypique. Loin de toute attente, elle s'attache à deux êtres humains opposés quasiment en tous points. Relevez leurs différences et leurs quelques similitudes et expliquez pourquoi l'étudiante les aime étrangement bien l'un comme l'autre.

- Pie devient de plus en plus violent et macabre au fil du roman, passant de soi-disant non-violent à meurtrier. Pensez-vous qu'Ange aurait pu voir les signes et aurait dû en faire plus pour empêcher le double crime de Pie ? Si oui, quels sont ces signes et qu'aurait-elle pu faire ?

- Nous avons expliqué que le roman d'Amélie Nothomb pouvait également se lire comme un récit créé de toutes pièces par l'imagination d'Ange. Citez au moins cinq indices qui vous laissent penser que c'est le cas et expliquez pourquoi.

- À travers la description des parents de Pie, Amélie Nothomb propose une critique des riches dont la fortune repose sur du vent et du virtuel. Pourquoi pensez-vous qu'elle les compare à des personnes irréelles ? Êtes-vous d'accord avec cette accusation ?

- Parmi les œuvres littéraires qu'a lues Pie, prenez un livre que vous avez également parcouru et comparez votre avis à celui du garçon et d'Ange.

- Les relations d'Ange avec les deux hommes qu'elle fréquente sont très opposées : avec Pie, elle est la professeure, alors qu'avec Dominique, elle est l'élève. Remarquez son comportement rude et sévère, presque maternel, avec le premier et son attitude enfantine et légère avec le second. Pensez-vous que ces deux relations reflètent le passage de l'adolescence à l'âge adulte ou du moins l'hésitation entre les deux périodes de la vie ? Expliquez.

POUR ALLER PLUS LOIN

ÉDITION DE RÉFÉRENCE

- Nothomb A., *Les Aérostats*, Paris, Albin Michel, 2020.

ÉTUDES DE RÉFÉRENCE

- Zufferey J., « Qu'est-ce que l'autofiction ? », in *L'Autofiction : variations génériques et discursives*, Louvain-la-Neuve, Academia/L'Harmattan, coll. « Au cœur des textes », 2012, pp. 5-14. URL : https://www. fabula.org/atelier.php?L%27autofiction#_ftnref3 (consulté le 5 décembre 2021).

Votre avis nous intéresse !
Laissez un commentaire sur le site de votre librairie en ligne
et partagez vos coups de cœur sur les réseaux sociaux !

lePetitLittéraire.fr

- un résumé complet de l'intrigue ;
- une étude des personnages principaux ;
- une analyse des thématiques principales ;
- une dizaine de pistes de réflexion.

**Retrouvez
notre offre complète sur**
lePetitLittéraire.fr

L'éditeur veille à la fiabilité des informations publiées,
 lesquelles ne pourraient toutefois engager sa responsabilité.

© **LePetitLittéraire.fr, 2021. Tous droits réservés**

www.lepetitlitteraire.fr

ISBN version numérique : 9782808026772
ISBN version papier : 9782808026789
Dépôt légal : D/2021/12603/179

Conception numérique : Primento,
le partenaire numérique des éditeurs.